Max   Wenzel

Pfaffernüsseln

Allerlei Erzgebirgisches

Max   Wenzel

Pfaffernüsseln
Allerlei Erzgebirgisches

ISBN/EAN: 9783337362737

Hergestellt in Europa, USA, Kanada, Australien, Japan

Cover: Foto ©Andreas Hilbeck / pixelio.de

Weitere Bücher finden Sie auf **www.hansebooks.com**

Pfaffernüsseln.

Allerlei Erzgebirgisches

von

Max Wenzel.

H. Thümmlers Verlag, Chemnitz.
1922.

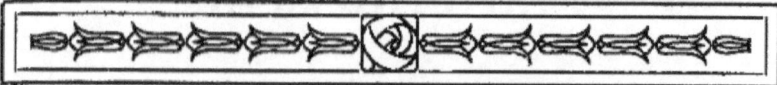

Dr Kanaritzvugel.

Net bei jeden Menschen gilts als Schmeichelei, wenn's häßt »'r hoot en Vugel«, oder bein Beier-Wilhelm seiner Fraa war dos ewos annersch, die wollt garn en hobn, un ihre größte Sehnsucht war e Kanaritzvugel. 's is doch esu: 's ka aner erngd ewos racht nutwendig gebraung, oder 'r möchts garn hobn un 'r hoot aah 's Gald drzu – do werd gewart bis Weihnachten is, dann kriegt 'rsch oder kaaft sichs salber. Dä dann hoot die Sach erscht en richting Wart. Un bei manning Zeig, wu sich sinsten de Leit waang dan grußen Galdausgobn aufhalten täten, do häßts: »Dos hoo iech ze Weihnachten kriegt«, un geleich sei de Mäuler gestoppt.

Wie gesaht: De Beier-Ella wollt garn en Vugel hoobn un dr Wilhelm – oder vielmehr de Kinner – wollten aah en kaafen. Wenn de Kinner ihre Sparbüchsen ausräumeten un dr Wilhelm noch ewos draufleget, do konnts Gald gerod lange. Nu freget sichs när, wu dar Kanaritzvugel gekaaft wür?! Do hatt nu bal jeden Toog vir Weihnachten in Wochenblatt e Azeich gestanden.

Kanarienvögel von 6.– Mk. an
empfiehlt
Ludwig Kohl.

Dadraufhie warn de Kinner alle dreie schie lang vir Weihnachten emol nunner zun Kohl gerückt un hattn sich die Vögele alle aagesah. Se warn aah of en setten gaalen Schperlich zugekomme, wu dr Kohl saht, dos wär sei bester Roller.

Jeden Ohmd nu, dan Gott warn ließ, wenns Wochenblatt kam, un de Ugelicker viergelasn wurn, do konnt mer Gift drauf nahme, daß ens die Azeich vierlasen tat: »Kanarienvögel von 6 Mark an empfiehlt Ludwig Kohl«. Der Wilhelm konnt sich net soot wunnern, daß seine Ella net aufstützig wur. Na endlich, an Tog virn heiling Ohmd, machet 'r salber nunner ben Kohl. Bal e Stund hatt'r zugehorcht, öbs net epper noch en bessern gäb, wie dan, dar'n Kinnern esu gefalln hatt. Zeletzt wur 'r vu darer ganzen Rollerei ganz drehet, un 'r hätt e Brummeisen net mehr vu en Harzer Kanaritzroller unnerscheiden könne. Do ließ er sich dan En eipacken un machet mit sen Bauerle ehem.

Nu war när die ene Verlaanghät: Wu schpert mer derweile en setten Vugel hie, daß de Ella nischt merken sollt?! Wie sich dr Wilhelm e paarmal ümgesah hatt, stellet 'r dan klen Holzkäfig unten nei in Klederschrank in dr Stub. 'r ließ oder de Tür e Fünkel auf, daß dos Vögele a Luft krieget. De Ella hatt vu darer Geschichte nischt gemerkt. Die decket ne Tisch zun Ohmdassen wie alle Toog. Ueber ewos konnt se sich argern: Allemol wenn se an Klederschrank verbei machet, war de Tür auf. Se saht bluß noch ewos von Motten neikomme un von zuschließen. Do hoot dr Wilhelm geleich ne Schlüssel oogezung, daß dos net ging. Se soßen nu alle üm Tisch rüm, un de Ella mit'n Buckel nooch dan Klederschrank. Se tat ne Wilhelm un ne Kinnern erscht e paar Ardeppeln schäln, do höret se of emol in dr Gengd vu dan Klederschrank ewas rascheln. Do stutzet se erscht, dann saht se: »Mir missen e Maus in der Stub hobn!« Der Wilhelm tat se beruhing: »Wu solln dä de Mäus harkomme. Meitwaang kast de aah de Fall emol aufstelln«. De Ella wollt dos oder net machen, se mänet, mer tät sich allemol de Finger esu dermiet zerschmeißen. Dos Vögele in Schrank huppet nu oder doch in senn Holzkäfig rüber un nüber, un de Ella dacht schie, dos könnt net bluß ene Maus sei. Se grauet sich schie, wenn se dra dacht, wu die Mäus könnten überall gewasen sei, un in jeden uschulding Kimmelkörnel soog se ewos annersch.

De Kinner konnten bal vir Lachen net, oder se ließen sich nischt marken. Do höret mer mit enmol aus dan Klederschrank en Piepertz. Alles horchet auf, un de Ella wollt gerod soong: »Nu dos hört sich doch oder – –«. Do bläket of emol dr Wilhelm in dr Richting nach dr Schranktür zu: »Ruhig bist de!« 'r hatt net bedacht, daß in darsalben Richting sei Ella soß. Die wur en Schein dunkler un saaht e finkel verwunert: »Was soll dä dos häßen?« Do piepset dar Vugel noch emol – un geleich bläket dr Wilhelm: »Ruhig sollst de sei!« De Ella wur in Gesicht kitzeblaa vir Arger un wie se nu noch soog, daß aah de Kinner ganz lacherliche Gesichter machen taten, schrier se: »Nu, dos is mr oder doch außern Spaß, en aah noch vir de Kinner lacherlich ze machen –«. Do piepset dar Vugel noch sehrner, un dr Wilhelm bläket mit aller Lungekraft: »Ruhig sollst de sei! sinst dreh ich drsch Genick üm!« Do warsch mit dr Ella ihrer Gemietlichkeet verbei. 's Wasser sterzet 'r aus de Aang, un se heilet gerod naus: »Dos hoo ich net üm eich verdient, daß 'r en wie en alten Ochs aabläkt, un ihr Kinner sitzt do, als wollt 'r en auslachen. Nä, ich gieh fort, ich bin net eier Krautstrunk. – – –«. Dar Kanaritzvugel schien när of die gruße Red gewart ze hoobn, dä of emol schlug 'r en Roller auf, erscht dreßig Tön nauf, dann tat 'r erscht e vertel Stund lang trillern, dann machet 'r sei Letter wieder runner. De Ella sperret Maul un Nos auf, de Kinner schriern gerod naus, un ne Wilhelm blieb nischt annersch übrig, als dan Vugel aus'n Klederschrank rauszehuln. Un dar trillret un jublet fort, un in dan fein Gesang wur aah dar ganze Familienzwist begrobn.

De Bähmische.

Daß de kläne Mahd ze Weihnachten ene ganz feine Pupp krieng sollt, war bein Meinertfritz un seiner Paula ausgemachte Sach. 's war noch zu darer Zeit, wu mer noch mit Zohln rachne tat, die e halbwager Mensch ahören kaa, uhne daß'r erscht en Schnaps genießen muß, daß mer net ümfällt. Wos heitzetog e sette Pupp kost, do hätt mer vir zah Gahrn en leidling Kläderschrank drfür kriegt. Oder wie gesaht, dr Fritz un seine Paula wollten sich's ewos kosten lossen, se wollten abn ene racht feine Pupp kaafen. De Paula war e paarmol noch Chamtz gefahrn un hatt sich ümgesah, un endlich hatt se doch in en Loden Puppen gesah, die halbwags noch ihrn Geschmack warn. Aah dr Fritz hatt jed's Schaufenster dodraufhie gestudiert, un er trauet sich aah zu, daß'r bei dan Geschäft miet neireden konnt. Se hatten sich aah Katelog schicken lossen – korzgesaht, e Pfaarhanler kaa üm en neue Pfaar aah net mehr rümlaafen, wie dr Fritz un seine Paula um darer Puppengeschicht. De kläne Mahd war erscht drei Gahr un 's log ewos in ihrn Wasen, wos de Eltern bestimme tat, e Pupp ze wähln, die en Puff vertroong konnt. Se hatt schie e Pupp, die hatt e setts rut un blaa karrierts Röckel aa, un do hatt emol äs gesaht, se sög aus wie aus Bähme. Dodervu hatt de Pupp en Name kriegt: se hieß bei dr klän Mahd un aah bei de Großen när »die Bähmische«. Schie soog se merklich net aus! E Gesicht hatt se bal gar net mehr, un wenn net de Arm un de Baa gewasen wärn, hätt mer net gewußt, wos ubn un unten war; wos hinten un vorne war, konnt aah e Dokter bei darer Pupp net mehr unerscheiden. Se hatt aah an racht verschiedene Stelln ihrn Aufenthalt. Emol schlief se in

Kuhlnkasten, emol in Karnickelstall, dronnernei hatt se de kläne Mahd aah emol in Wasserschaffel neigetunkt, weil die kläne Mahd für Reendlichkät war. Dos wachselvolle Labn hatt natürlich allerlä Spurn zerückgelossen, su doß dr Fritz un seine Paula werklich Racht hatten, wie sie dachten, e neue Pupp wär ewos Nutwenigs. Wie's Harbest wur un de kläne Mahd draußenrüm aafing ze friern, hatt de Bähmische e bessere Behandling, ja se wur sugar ohmds miet nei ins Bett genomme. Kläne Kinner graue sich, Gott sei's gedankt, vir nischt; oder de Großen dachten doch, daß hächste Zeit wär, daß dr Ruprich dar klän Mahd e neue Pupp brächt.

Un en Sonnohmd vir Weihnachten fuhrn dr Fritz un sei Paula wuhlgemut nei noch Chamtz. Der Fritz hatt noch soot Gald eigesteckt un de Paula hatt 's gruße Marktnetz miet – vielleicht konnt se's doch gebraung. Erscht hoobn se in Automatenrestaurant e Brutel gassen, dann ging's in de Geschäfter. Puppen gob's soot un genung. Käpp vu Porzella, Wachs, Pappje un aah sinst net uracht. Oder die Eltern dachten alle bäde: Dos is nischt fir unnere kläne Mahd, e setter Kopp werd kaum ne heiling Ohmd überstiehe. Nu ging's in en anern Loden nei, do warn nu aah Puppen aus Stoff, mit richting Gesichtern, – die warn drauf berachent, daß se aah emol an de Wand gewichst warn konnten. Un schiene Klaadle hatten die Puppen aa, – alles war racht, när dos Gald! Dar Dingerich in dan Loden hiel ne Fritz e gruße Red, daß mer endlich aah derhinnerkomme sollt, daß ne klän Kinnern net vu klä auf dr Geschmack verdurben wür. E sette Pupp wär künstlerisch un de Kinner hätten en natürling Kunstinstinkt, die griffen när nooch dan, wos natirlich un gut wär. Ne Fritz tot des e finkel eilechten. Sei kläne Mahd griff werklich noch alln. De Paula saht sich odr in Stilln: Unere greift werklich noch alln, wos natirlich is, oder dos is net allemol gut.

Un wie dar Maa noch e Vertelstund geredt hatt, do wärn

sich dr Fritz un de Paula fei halb tottend virgekomme, wenn se net die Pupp fir 25 Mark kaaft hätten. Dar freindliche Maa saht aah noch, se kännten die Pupp doch net esu frei hiestellen, do gäb's geleich noch sette feine Rohrstühl drzu; de Kinner wärn wie verwerrt drauf un der Preis wär esu niedrig, – 'r schamet sich bal, ne laut ze soong. Der Fritz un de Paula dachten zwar, 's wär noch Gald genung, oder weil se dan Harrn net betrüben wollten, hobn se dos Korbstühle noch gekaaft. Se sollten aah noch en kleen Puppenkläderschrank mietnahme, oder dr Fritz saht, 's müßt doch net alles of emol sei, de kläne Mahd hätt aah emol en Geburtstoog. Der Maa saht noch: »Na, die Kleine wird sich riesig freuen, Sie werden sehen, alles andere sieht sie gar nicht an«.

Die bäden warn richtig stolz, wie se aus'n Loden nauswarn. Un wie se ohmds ehämkame, do wur de Pupp noch emol ausgepackt un nei in dan Stühle gesetzt, dos mußt när esu sei.

Daß vir Weihnachten de Grußen oft schlachter sei wie de Kinner, is e alte Sach. Der Fritz wollt alle Toog virn Zebettgiehe dr klän Mahd de Pupp emol hietue, oder weil de Paula net mietmachen wollt, ließ 'rsch sei. Oder de leere Schachtel hootr doch emol hiegelegt, oder esuweit war dr klän Mahd ihr guter Geschmack noch net, daß se do mehr drmiet gemacht hätt, als ihre Bähmische nei ze Bett ze legen. Un se bläket gerodnaus, wie de Bähmische ihr Bettel wieder räume mußt. Der Fritz machet sich noch emol en Spaß, 'r machet emol ohmds de Tür e finkel auf un stecket fix die neue Pupp emol rei un zog se schnell wieder naus. De Paula saht: »Du bist e finkel olber!« De kläne Mahd schie oder net genau hiegesahe ze hobn, die saht: »De Bähmische!« Esu zärtlich war se in ganzen Gahr net mit ihrer Pupp gewasn wie gerod itze. Se gob se gar net mehr aus dr Hand. Alles, wos de kläne Mahd machet, mußt de Bähmische aah mietmachen: Kaffeetrinken, Supp assen, boden, schlofen un esu weter. Daß die Pupp hinnrhar net schenner wur, ka sich wuhl e jeds denken, un de Paula un dr Fritz warn sich enig, daß de höchste Zeit wur, daß dr heilge Ohmd käm, un dr klän Mahd ihr ageburner guter Geschmack endlich emol dorchbrachen tät.

Un dr heilge Ohmd kam! De Beschering war aufgebaut, de Peremett lief ümering, dr Christbaam strahlet, dr Lechter brannt – un in dr Mitten drinne stand dos Korbstühle mit dar teuren Pupp. Der Fritz hatt dr Klän de Bähmische ogewässert un hatt se nei in Kommodenkasten geta. Odr de kläne Mahd, die ellä in dr Küch bleibn mußt, bis alles hargerichtet war, bläket esulang, bis se ihre Bähmische wiederkrieget.

Endlich ging nu de Tür auf un de kläne Mahd machet nei. Wenn die beeden Alten eper gedacht hatten, se wür sich gleich of de neue Pupp sterzen, do hatten se sich verrachnet. Erscht stand das kläne Wasen wie betöppert, wie's die vielen Lichteln soog. Dann machet se hie zur Peremett, weil die doch ümering ging. Se wollt gleich e paar Mannle aus'n Christgartn wagnahme, se konnt oder zun Gelück net drzu. Dann machet se zun Christbaam hie. Se tats ne Alten gar net ze Gefalln, die neue Pupp aazegucken. Un immer schleppet se ihre Bähmische an en Bänel hinner sich har. Endlich wursch ne Fritz ze olber, 'r nahm de kläne Mahd bei dr Hand un zerret se an dos Hauptgeschenk hie. Do blieb de Kläne traten. Se machet gruße Aang un gucket sich die Pupp aa. Dann – of emol – en Griff – un se feiret die teure neie Pupp unners Kanepee nunner, un in dos Stühle nei setzet se stolz – ihre Bähmische.

De beeden Alten standen drbei un brachten 's Maul net wieder zu. Ja, 's hoot sen Teifel mit dan berühmten natürling Geschmack vu de Kinner!

Dr letzte Haller.

Ein Watter war draußen, wie lang kä's gewasen war. Dr Sturm heulet un schmiß Aest un Sand in dr Luft rüm. Un drzu regnet's, als wenn's Kühgunge wärn, wie mer spricht. Der Wald krachet un stöhnet, un de Wag warn de ren'n Schlammbäch. Dar gunge Maa war werklich racht ze bedauern, dar gerod dorch'n Wald ofn Schottenbarg machet. 's war ne schie emol gewasen, als wenn'r de Lichter von Annebarg gesah hätt, oder 'r schien sich doch geerrt ze hobn, dä of dan Wag fuhl kä Licht. Bal wär'r mit dr Nos' an en Felsen nagerannt, un do merket'r an besten, daß'r von Wag abkomme war. Mer konnts 'n werklich net verdenken, daß'r aa ze fluchen fing wie e Landsknacht. Un 'r soog a bal esu aus. E geschlitzts Wammes hatt'r aa un an dr Mütz hing e lange Fader, die oder bei dan Watter aussoog wie e Sterl. 'r hätt net esu laut fluchen solln, dä dodermiet hatt'r jemanden agelockt, dan 'r an hallen Toog gewieß aus'n Wag gange wär. Trotz dan Krawall, dan dr Sturm machet, höret mei Karl of emol e Gebrumm, als wär e rachts gruß Hummelnast gesprengt wurn, un 's dauret aah net lang, do merket'r, trotz dr Finstrigkät, e paar klane flimmrige Lichtle, wie e paar Aang, un of emol warsch'n, als hätt'n wos racht grußes Pelziges gesträft. »Dunner noch emol«, dacht mei Wanerschmaa, »dos kimmt mer vir, als wenn dos e Baar wär«, un 'r machet geleich en Satz, dar ne e wink aus dar gefahrling Näh brenge sollt. 'r war oder noch dr falschen Seit gehuppt, dä 'r war an ener rutscherigen Stell geroten un 's leiret ne geleich e paar Meter ne Hang nonner. In letzten Aangblick krieget 'r aah noch äs mit en paar racht grußen Pfuten an Arm naagewichst. Oder dorch dan Rutsch war 'r of ener Weil in Sicherhät. Wie 'r sich e wing vu sen Schrack erhult hat, do warsch'n werklich, als wär 'r of en Wag gefalln, un er machet sich, esu fix, wie's ging, in dr Höh un lief, wos'r när laafen konnt, fort. »Wu ich hiekomm, dos is mir egal, när dohierde wag!« Esu warn seine Gedanken. E Gelück blebt selten ellä, dä wie 'r e paar Minuten geloffen war, soog 'r of emol e werkliches Lichtel schimmern, dos vu en Fanster harkam. Net lang dauret's, do war'r naa, un ne ganzen Aussahe nooch warsch e Waldschänk, an die 'r geroten war. Er stieß en Freudenbläkerts aus un machet sich zor Haustür nei. Als wenn'r aus dr Höll in Himmel komme wär, esu kams 'n vir. Die kläne Wertsstub mit ihrn armsaling Spaalichtel kam ne schönner vir we der harrlichste Rothaussaal.

Die Wirtsleut warn net garschtig derschrocken, wie of emol in der Nacht noch e setter Gast neigekracht kam, oder se taten dan Maa noch allen Kräften bedauern, dar bei en setten Mordswatter draußen hatt rümsappen müssen. Se wollten nu gleich sei Gack trocken hänge, do kriegeten se weis, daß sei Arm bluten tat. Die alte Werten hoot gleich e Tranel vergossen un gleich häß Säfenwasser gemacht. Un wie's mit Bluten net aufhörn wollt, hoot se's gleich versprochen, un dos tat halfen. Net lang tats dauern, do saß dr fremde Maa in eener Hus von Wert un in en Wammes vu dr Werten an warme Ufen, un nu kam 'r endlich derzu, daß 'r dan Wertsleiten aah derzähln konnt, wie oder wenn. 'r saht, 'r wär e Student, dar of dr huchen Schul in Wittenbarg gewasen wär un nu noch Prag gewollt hätt. Außer en paar Löchern in Schuh'n wär bishar alles gut gange, un heut wär ne nu doch noch das Mallär gepassiert. 's Watter wär schie schlimm genung gewasen, un dann hätt'n aah bal dar Baar noch äs ausgewischt.

Do machet dar Wert e racht schlaues Gesicht, als wenn 'r dos besser wüßt, wos dos gewasen wär. Er gucket sich erscht e paarmol üm, daß aah ja niemand höret, dan's nischt aaging, un dann brocket'r esu noch un noch raus, daß die ganze Sach net mit rachten Dinge zuging. In dan Felsen, an dan dar Student mit dr Nos' nagerannt war, wuhnet dr leibhaftige Biese! Un dar ließ an manning Togn niemand an dr Schenk naa. Die Fuhrleut führet'r in der Irr. Wenn ener geloffen käm, tät'r e gruß Watter aufrührn, oder scheuchet ne als Baar oder sinst ewos Urachts. Un dos alles waang en grußen Schatz, dar dort in dan Felsen begrobn läg. När e gunger, kecker, lustiger Maa könnt'n hebn; un wenn emol e setter dan Felsen ze nah käm, do wär dr Teufel allemol an mesten lus. Dos stimmet doch nu alles ofs Haar; un dos trof aah zu: esubald dar Student nei in dr Schänk war, ließ aah dos garschtige Watter noch. Dan Student hatt dos mit dan Schatz an besten gefallen, un 'r prubieret e fünket aus, öb ar net dr Rachte sei könnt. Gung war 'r, dos soog mer ne geleich aa. Daß 'r aah lustig war, dos bewies 'r dan Wertsleiten geleich, wie 'r en Schnorken noch'n anern derzehln tat. Un die alten Leut hobn bal Träne gelacht über dan lusting gunge Maa. Keck war 'r oder aah, dä 'r bestellet en Krug Wei nochn annern, un wie's um zwölfe war, do griff 'r of emol in dr Tasch, bracht en enzing ogeschabten Haller raus un saht: »Dos is mei letzter. Oder ich war mich itze naus an dan Felsen machen un dan Schatz huln; dann war ich alles bezohln, wos ich schullig bi.« Der Wert un de Wertin schlung e Kreuz noch'n anern; oder se konnten gar nischt machen, mei Student hatt sich's fest virgenomme, in dar Nacht noch dan Schatz ze hebn. 'r saht när noch, üm die alten Leit ze beruhing, 'r wär in Wittenbarg of dr huchen Schul aah ben Doktor Faust gewasen, un dar hätt's sen Studenten gelarnt, mit'n Teufel ümzegiehe. 's gäb oder natirlich allerhand ze bedenken. Dr Student brannt zeerscht e Rächerkerzel aa, dann tat 'r noch e Flasch ungerschen Wei trinken. Dar mußt oder alle sei, bis dos Rächerkerzel nieder war. Dann nahm 'r sen Stacken, tat dreimol draufspucken, setzet de Mütz verkehrt auf un ging zor Schänk naus, mit'n Buckel zeerscht. Drei Schriet tat 'r laafen, drei tat 'r springe, esu machet 'r an dan Felsen naa. 's Regne hatt aufgehört, när dr Wind tat de Wolken hie un har gächen un dr Monden konnt gar net racht zor Perfektiu komme. Kaum war mei Student bis an dan Felsen naa, do kam of emol ne Wag rauf e schwarze Gestalt of dan gunge Karl zu. Dan wur virn Aangblick – trotz dan vieln Wei, dan 'r getrunken hatt – 's Maul e fünkel treich. Oder 'r dacht, hierde kaa när Kurasch halfen, un machet of dos schwarze Ding nei. Der Teifel war voller Ruß un stank wie 's halle Höllnfeuer. Kralle hatt'r, un en Stacken hatt'r mit en grußen Pensel dra. Dr Student ließ sich net warfen, dr Teifel oder aah net, un esu sei se nu esu an Buden rümgewergt. Der Student merket schie ne häßen Oden von Biesen über sich, do finge aah seine Kräft aa nochzelossen, un 'r saht bluß noch: »Dar verfluchte, damische Schatz«. Do kam of emol dr Mondenschei hiner ener Wolk vir un tat die ganze Sach belechten. Die bäden Karle sprange mit enanner auf un gucketen enanner aah. Do schlug dar Teufel e Gelachter auf, un mei Student konnt aah net anerschter, dä vir ne stand – dr Buchhölzer Feieressenkehrer, der aus Grühah zerückgekomme war, wu 'r in Kloster de Essen ausgeputzt hatt.

Unere alten Wertsleut hatten mit Angst un Baten die ganze Zeit zugebracht. Se warn dan gunge Berschel gut gewurn, un nu dachten se doch net annerschter, als daß se dan Student an anern Morng mit ümgedrehten Genick bei dan Felsen finden täten. Do tat sich of emol de Tür auf, un Arm in Arm mit'n leibhafting Teufel trat uner Student über dr Schwell. De Wertsleit hätten sich an liebsten verkrochen, 's dauret oder net lang, do warn se aufgeklärt. Daß de Fräd gruß war, ka mer sich da wuhl denken, un e mannigs Kannel Wei is noch ausgeloffen. Die alten Leut wurn dan Studentel immer guter, un wie 'r noch drzu bein

Zesammerachne sei ganze Zech dan Feieressenkehrer miet naarachne tat, do warn sich de Wertsleit enig, daß dar racht gut zun Wert passen tät. Un esu wursch aah. Dr Student blieb dorten als Wert, un de Alten zugn in dr Oeberstub in Auszug. Un wie dar gunge Wert e rachte Werten brauchet, do bracht 'r dan schwarzen Teufel sei Schwaster ins Haus, un se hobn mitenanner viele Gahr in guten Uemständen gelabt.

Seit darer Zeit häßt oder die Schänk »Der letzte Haller«. En höllischen Schatz gabs oder net mehr ze hebn, dan hatt dar Student doch gefunden; un desderwaang hoot sich aah dr Teifel dorten nimmer sahe lossen.

De umusikalische Ratt.

Der kläne Fritzsch-Gung in dr Mittelsayd' sollt emol ofn Semenar komme un do gehörets doch frieher drzu, daß 'r aa geing larne mußt. Mit darer Geingstund dos war nu in Mittelsayda gar net esu efach. 's gob en guten Geiger, ne Generalmusikdirekter vu dr Tanzmusik, ne Haug-Karl, un zu dan wur schließlich dar Gung in dr Stund geschickt. Gar esu garn machet dos ne Fritzsch-Gung sei Mutter net, dä se hatt an Haug-Karl dos un jens auszesetzen. Doß'r fei wink hinner de Weibsen har war, hatt in dan Fall net viel ze bedeiten, oder aah esu. 'r lief egal barbeß un när in Hem un Hus rim, mit seiner Rendlichkät warsch aah net zun besten bestellt. Oder in dr Nut frißt dr Teufel Flieng – un dr kläne Fritzsch-Gung machet nu jede Woch zwämol mitn Geingkasten nauf zun Haug-Karl. Dan sei klä Häusel stand über dr Stroß an Barghang dra. E Fraa hattr zu darer Zeit net, ich gelaab, die war vu ne waggezung.

Nu kimmt dos Gungel an en schien Nochmittig wieder emol zun Haug-Karl. Dar schien oder gerod käne Lust ze hobn, sei Konservatorium aufzemachen, zewingst hattr ewos Wichtigersch vir. »Weßt de«, saht dr, »ich hoo in mein Kaller e Ratt, die warn mer emol fange, un du tust mir halfen!« Dan Gungel war de Rattengagd natirlich zahmol lieber als dos Rümgerafel of dar alten Geig, un mer soong ne an de Aang aa, wie sichs freie tat.

Nu war in Haug-Karl sen Kaller e Aazucht, die ging e Stückel uner ne Garten wag un kam ben Stroßengrobn wieder raus. »Weßt de«, saht dr Karl, »du nimmst emol dan Sook un machst dich nunner ben Stroßengrobn bei dr Röhr hie. Hälst ne Sook dorten na, mußt oder aufpassen, daß se net drnaben waghuppt. Ich mach mich in Kaller un tu mitn Stackn neisterln?« Gesaht – geta! Dr Fritzschgung knieet e ganze Weil dort drunten un hiel krampfhaft dan Sook an dr Röhr naa. Er höret aa, wie dr Karl afing mitn Stackn in dr Röhr zu sterln un ze krawanzen, oder de Ratt kam net. Wies dan Gungel ze lang dauern tat, wollt's n Karl ze verstiehe gabn, daß nischt rachts fertig wur un wollts ne geleich durch dr Röhr zubläkn. 's hiel ne Kopp an dos Luch naa un schrier nei: »Haug-Karl!« Dodrüber mußt de Ratt net garschtig drschrocken sei, dä se war mit en Satz aus dr Röhr naus un nei in Kaller. Do stand dr Karl mit dr Krauthack in dr Hand un wollt'r drmiet 's Rückrot ewing gelambrig machen. Mei Ratt dos marken un wieder nei in dr Röhr war äs. Dr Karl kam nonner of dr Stroß un wollt mit dan Gungel Kriegsrot halten. 'r sterlet aah von unten nei in dr Röhr, oder de Ratt rühret sich net. Of emol schien ne e Gedank gekomme ze sei. »Weßt de«, saht'r, »itze hul ich emol mei Trompet un blos' in Kaller in der Aazucht nei, dos werd'r schie de Röhr verleiden! Oder halt mer fei ne Sook wieder an dr Schleuß naa.« 's dauret net lang, do hörets mit en mol, wie aus'n Ardsbuden raus, en ganz greuling Trompetenton. War schu dos Gungel drschrocken, do mußts de Ratt noch sehrner sei, dä wie e geölter Blitz fuhrsche aus dr Röhr naus un nei in Sook. Mei Gungel fix ubn zugehalten un nei in Kaller. »Ich hoo se!« schriersch, was när konnt. Der Haug-Karl strahlet. »Halt se när fest. Oder weßt de, gieh drweile nauf. Ich will se itze tut machen, dos brauchst de net ze sah!« Das Gungel trollet ab. War oder nu epper ne Haug-Karl racht viel Gemüt zutrauet, dar is ofn Holzwag. De Ratt wur gar net tut gemacht, die hub sich dr Haug-Karl bis zun Ohmd auf, do wollt'r sen Nachbar drmit auswischen und se dan in Kaller lossen.

Noch ener Weil kam mei Haug-Karl nauf in dr Stub un de Geingstund konnt lusgiehe. 'r war in dr saligsten Stimming un wollt wahrscheinlich sei Fräd musikalisch ze drkenne gabn; dä 'r nahm sei Geig har un spielet un jubilieret, aus en sanften Stück zu en fixen, aus en lauten zun leisen – de Engeln in Himmel könne net schönner spieln. Dos Gungel stand drbei un sperret Maul un Nos' auf. Un allemol, wenn dr Haug-Karl e racht schienes Stück runnergespielt hat, do setzet 'r ab un saht ganz salig: »Weßt de, ich bi när fruh, daß mer de Ratt hobn!«

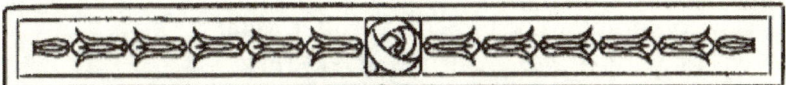

's Ruprichschloß.

Drubn ben Fichtelbarg of dr Höh,
wu dr Sturm pfeift über de Falder voll Schnee,
do stieht in Gumferngrund ganz hinten –
dr Zahnte werd dos Flackel net finden –
e schienes Schloß, ganz aus Schnee un Eis,
dos glänzt wie Marmorstä hall un weiß.
Un rings üm dos Schloß is egal e Ruh,
de Fanster verhange, de Türn sei zu,
ka Ess, die raacht, kaa Mensch kimmt dorthie,
de Viecher bleibn von weiten schie stieh;
die Herscheln un Reh, die Füchs un de Hosen,
die sich zor Nachtzeit emol sahe lossen,
die schnuppern ewing, besah sich dan Flack
un – husch – sei se aa wieder wag.
Ofn Dach do stieht e Letter ubn drauf,
die gieht fei gerod bis in Himmel ubn nauf.
Doch horcht! Wenn in Wiesenthol zon Advent,
dos erschte Weihnachtslichtel brennt,
un wenn zon Afang dr heiling Zeiten
die Wiesentholer Adventsglocken läuten,
do steigt von Himmel, du grußes Wunner –
e Engele of dar Letter ronner.
Un kaum is in dan Schloß drubn nei,
do bricht aus de Fanster e haller Schei.
Wos alles in Schloß schlief in Fadern vrsteckt,
dar klane Engel hoots aufgeweckt.
Nu wergts un wisperts, dos hammert un pocht,
de Saag tut raspeln, dr Leimtop kocht,
korz, in ganzen Schloß is aus mit dr Ruh,

se hobn, wie's scheint, en Haufen ze tu.
Un wenn dr Niklis is komme ra,
do kimmt aus dan Schloß e alter Maa,
in grußen Pelz, in dr Hand en Stock
un ofn Buckel en grußen Sook.
Un wie dar Alte lafen kaa!
'r hoot Siebnmeilenstiefeln aa;
un miet en Schriet, dos gieht ritz – ratz –
is 'r schie ofn Johannisplatz.
Nu läft'r de Stroßen har un hie,
blebt bal bei jeder Haustür stieh,
steigt a de Treppen ronner un nauf,
befregt sich un schrebt sich alles auf.
E manichsmol schittelt'r mit'n Kopp
hört'r vu de Leit e garschtig Lob;
un bei maning, wos 'r do tut vernahme,
do möcht'r an liebsten ne Stacken nahme.
Doch alle Leit, die ne belieb'n
die hootr in sei Büchel geschrieb'n,
dodraus ersieht dr heilige Christ,
war dohierde recht artig gewasen is.
Ich hoo ne Ruprich gestern getroffen
un bie bis Klaffenbach mitn geloffen,
dann wur mer oder ze hampflich sei Schriet,
ich krieget ken Oden un konnt net mehr miet,
oder wos ich von Ruprich do gehört
ihr Leit, do gibts en Haufen beschert,
ihr könnts gelabn, wos ich eich soog –
ich wünsch a gesunde Feiertoog!

Dr verurachte Kermeßkuchen.

's war an Kermeßsonnohmd geleich nochn Assen, do saht dr Beutlerkarl in Ehrndorf zu seiner Fraa: »Weßt de, Olga, ich war mich heut noch emol naus in Revier machen, zu de Feiertog komm ich aah net drzu, un zor klen Kermeß möcht ich drwang garn en Hos assen!« De Olga hatt'n Kopp voll, dä se war backen gewasen un hatt en Haufen ze tue, wie's bei de Weibsen allemol is, wenn Feiertoog sei. Esu ganz »uhne« konnt se 'n oder doch net giehe lossen: »Bei dan Watter? Werscht doch dorch un dorch!« »'s hoot überhaupt aufgehört mit Regne«, saht dr Karl un machet sich zeracht. Der Tell, wos dr gruße Hund war, hatt kaum gesahe, wie dr Karl de Stiefeln aazug, do perzet'r wie verwerrt in Haus rüm, sudaß de Olga racht fruh war, wie die bäden Gagdgenossen mitenanner naus warn.

Der Karl machet mit sen Tell nochn Greifenstä zu. Gagdwatter war dos net, dos stand fest. Dr Hund tat aa friern, un 's log ne nischt dra, of de dracketen Acker rümzerenne. Ne Karl hätt sei Tell aah gedauert, wenn er'n hätt neigächen solln. Eham wollt'r oder aah net wieder giehe – heit war su e Toog, wu 'r seiner Olga racht garn aus'n Wag ging. »Ach«, dacht'r, »ich versäum aah nischt, ich gieh vollst ofn Greifenstä«. 's schien als hätten die Hosen aah drhem ze tue, war weß, vielleicht taten se de Kermeß aah miet feiern. E alter Hos' sauset emol übern Fald wag – vielleicht gings dan aah wie ne Karl. 'r hooten aah nischt geta un hiel sugar ne Hund zerück.

In Greifenstähaus warsch schie warm, wie mei Karl neikam. Un 'r war aah net dr enzige Gager, der ne häuslichen Frieden heit verlossen hatt. Der Reuther-Otto un dr Barth-Fritz soßen schie dorten un dr Dokter schien abn gekomme ze sei, dar wischet gerod de Flint ab. Die Fräd, doß noch ener kam. 's wur gleich e Doppelkoppkart bestellt un 's lustige Labn ging lus. Mer weß doch, wie's zugieht, wenn e Hardel Gager beisamme is. De Ehrndorfer Gager sei noch net emol de schlimmsten, do lafen de Lampenscherm när e fünkel lila aa, wu se wu annersch kitzeblaa warn. Dos is wuhl in jeden Revier esu, daß e anziger Gager – sein derzehln enoch – mehr geschossen hoot, als wie die annern allezam gesahe hobn. 's hoot emol ener gesaht:

De Kranne, die huppen,
De Kanter, die schnuppen,
alter Kas, dar tut riechen
un de Gager – die reden de Wahrhät.

Na, 's ma sei, wies will: unere Ehrndorfer Gager warn racht in Tritt un se sei erscht ehäm gegange, wie's draußen schie finster war. Der Tell un ne Reuther-Otto sei Hund logen drweile dorten un blinzelten när esu of ihre Harrn hie. Die dachten: Heut müssen mir ne wieder emol ne Wag weisen. Wie's oder afing ewing gefahrlich ze warn, do standen aah die Hünd auf un knurxten dorten rüm; die wußten ganz genau: Wenn mer ehäm komme, krieg de Mannsen de Grobhäten un mir de Schalln. Ich gelaab die Manner wärn noch net aufgestanden, wenn se net en grußen Dischkur übers Gelück agefange hätten. Dr Barth-Fritz hat zwölf Neigrosch in Doppelkopp verlurn un saht: »Ich war wieder emol mit dr Lieb afange, emende flackts do besser!« Der Reuther-Otto menet: »Wenn ich nischt geschossen hoo, hoo ich allemol Gelück bein Spieln!« Dr Dokter saht drzwischen nei: »Sie gewinne oder immer!« Die schlachte Redensart hatt dr Otto zon Gelück net gleich aufgenomme. De ganze Ausproch lief donaus, doß de

Dumme 's meste Gelück hätten. Der Beutlerkarl fing itze aa aufzepassen. Dar hatt doletzt in dr Lotterie von dr »Fachtschul« ne Hauptgewinn gezung un en schien Schreibtisch gewonne. »Nu, wißt'r,« saht'r, »'s ma schie sei, oder wenn ihr en setten fein Schreibtisch gewonne hätt, tät'r aah nischt soong!« Dodermiet kam se of dan Schreibtisch ze sprachen. »'s werd e schie Ding sei«, dos war ne Barth-Fritz sei Aasicht. Der Dokter menet aah, zu die Gewinner wär zemerscht nischt drzu, 's wärn immer sette alte Lodenhüter aus en Möbelloden. Ne Beutlerkarl tat dos kränken. »En geschenkten Gaul guckt mer net ins Maul,« saht'r, »saht'n eich när erscht emol aa, dan Schreibtisch, ehr'r 's gruße Maul hobt!« Doderbei warn se oder aufgestanden un machetn zon Ding naus. Se hatten sich ne richting Zeitpunkt rausgesucht, doß se ewing oogekühlt wurn, – se regnet, wos när von Himmel ronnerkonnt. Un nu warsch noch drzu stockfinster, daß se von ener Pfitz in dr anern neipatscheten. Wie se bei dr Ritterhöhl nakame, soß e alter Hos, dar von Kreiervorwerich rüber komme war, dorten un soog die Gager abziehe. »'s Genick sollt'r brachen, ihr ruppets Volk« saht'r. Un 's is alte Sach, daß in en Hos oft esu wos wie e Hax stackt. Un 's war net schie, daß unere Gager en setten Wunsch miet ehamkriegeten. Se kame oder gelücklich 's Ding nonner bis se an Beutlerkarl sen Haus warn. Do blieben se traten un wollten Abschied nahme. Of emol saht dr Karl: »Gieht när geleich emol miet nauf, ich will eich men Schreibtisch emol zeing!« Die Mannsen ließen sich dos net zwämol soong, se tratscheten zor Haustür nei un de Hund hinerhar. Bei dan Krawall kam de Beutler-Olga geleich zor Küchentür rausgefahrn, se fuhr oder abn esu fix wieder nei, wie se die Mannsen soog. Se war werklich ganz außer sich. E paar Toog hatt se gewergt, daß 's ganze Haus glänzet wie gewichst, un nu kame die dracketen Gager mit ihrn Stiefeln neigesappt, ja se macheten sugar de Trepp nauf, die se erscht an Nochmittig noch emol getont hatten, daß se aussoog wie e weiß Faderbett. Heiln hätt se könne vir Wut, wie se de Mannsen ubn nauf krachen höret.

Dr Karl machet vornewag un schloß ubn e Tür auf un saht: »Gieht när drweile donei!« 's war oder stockfinster un drüm saht'r noch: »Ich will geleich emol de Hauslamp raufhuln, daß mer ewos sieht.« Die Gager un die Hund macheten nei, un dr Karl sappet wieder dr Trepp nunner! Of emol fing dr Dokter aa: »Hoot dä dr Karl sei Stub frisch gestrichen? Mir is immer als klabet mer aa!« Oder dr Barth-Fritz menet: »De Olga werd Decken hargelegt hoobn, dodrüm läft sichs esu weech!« Der Reuter-Otto tat sich aah wunern: »Wos hobn när die Hund? 's klingt akerat, als ob die Wasser saufen täten!« Se braucheten net lang in Unklarn ze sei, dä dr Karl kam mit dr Hauslamp zor Tür rei. Dar – en Blick – un bal wär ne de Hauslamp ronnergesterzt vir lauter Schrack. Die Gager traten mit ihrn Drackstiefeln mitten in de Kermeßkuchen drinne, un an de Stiefeln war de Hälft Kas- un Quarkkuchen klabn gebliebn. Un die Hund froßen in den Kuchen rüm, daß ihre Mäuler ganz gal un brau soong. Un hinten an dr Wand stand dr Gelücksschreibtisch, als ging ne die ganze Sach gar nischt aa. Ne Karl blieb zeerscht geleich de Luft wag. Wie 'r sich de ganzen Folgn überlegn tat, bracht'r weter nischt raus wie: »Inu dos Dunnerwatter!« Die anern Gager macheten erscht ganz vernaalte Gesichter, oder dann platzeten se mit en Gelachter lus, daß mer konnt Angst krieg, se hätten sich Schoden geta. Oder die Lust ging net lang, dä of emol stand de Olga uner dr Tür. Erscht bliebr aa e halbe Minut de Luft wag, oder dann gings lus. Wos se alles gesaht hoot, hobn die Gager gar net gehört, die macheten, daß se de Trepp nonner kame un zun Luch naus. När dr Karl mußt traten bleiben, un er gucket ganz vernaalt sen Gelücksschreibtisch aa. Wos dr Tell war, dar machet sich mit zor Haustür naus un dacht: »Du werscht heut emol in dr Hundshütt neikrieng, 's wär schod, wenns of dan guten Kermeßkuchen noch e

Prügelsupp setzet!«

———————————————————

Harbest.

Ein Beitrag zur Volkskunde des Erzgebirges.

Graue Nebel ziehen über den Gebirgskamm, der Herbst kam ins Land. Emsig ist der Bauer noch auf dem Felde beschäftigt, denn später wie im gesegneten Niederland sind die Feldfrüchte zum Ernten bereit. Zwar künden alte Schauermären vom sächsischen Sibirien, daß der Landwirt seine kärgliche Ernte selten vor dem ersten Schneefall in Sicherheit bringe, daß er häufig den mageren Hafer, die dürftigen Kartoffeln aus dem Schnee herausscharren müsse. Hart ringt allerdings der Gebirgler dem spröden Boden seine Ernte ab, aber bis in die höchsten Gegenden hinauf findet man fleißige Bauersleute. Kein Feld ist zu steil, kein Boden zu steinig – unverdrossen wird geschafft und so findet sich bis in die höchsten Kammgegenden hinauf Kulturland.

Michaelisferien – Kartoffelferien! Deshalb hat man bei Verteilung der Schulferien auf das ganze Jahr den Herbstferien eine längere Spanne Zeit gegönnt, um die wichtigste Kulturpflanze des Erzgebirges in Muße ernten zu können. Es kommt ja vor, daß es in die Kartoffelernte schneit, aber da sagt eine alte Bauernregel aus der Wolkensteiner Gegend, daß im nächsten Jahr umso mehlreichere Knollen wachsen. Der Volksmund spricht sich überhaupt in mannigfachster Weise über den wichtigen Erdäpfelbau aus. In Königswalde sagt man, daß bei Vollmond und am grünen Donnerstag gelegte Kartoffeln besonders gut geraten. Vormittags gelegte gedeihen besser als am Nachmittag gelegte. Bei abnehmendem Monde sollen sie nur nachmittags gelegt werden. Um Annaberg hat man eine ziemlich genaue Zeitberechnung aufgestellt: Die Kartoffeln werden gelegt zwischen dem 19. April und 30. Mai, sie blühen zwischen dem 19. Juli und 4. September und werden zwischen dem 22. September und 30. Oktober geerntet.

Die ersten Kartoffeln sind 1712 oder 1713 und zwar in Crottendorf angepflanzt worden. Langsam verbreitete sich die nützliche Pflanze, und nur langsam brach sich nach und nach die Erkenntnis des mannigfachen Nutzens und Gebrauches derselben Bahn. Man baute sie zunächst mehr zur Mästung und zur Mehlbereitung. Das daraus gewonnene Mehl mischte man unter das Brotmehl und erlangte dadurch ein billigeres Gebäck. Man verwendete es als Stärke oder zu dem damals vielgebrauchten Puder. Das grün abgeschnittene Kraut gab man den Kühen zu fressen, und die Butter bekam dadurch, wie gesagt wurde, einen guten Geschmack; getrocknet wurde es im Winter an die Schafe gefüttert. Notgedrungen verwendete man die Kartoffeln bei der großen Teuerung im Jahre 1719 als allgemeines Nahrungsmittel, aber es ging ziemlich langsam, ehe man die Holländer und Engländer in der Zubereitung der nützlichen Frucht nachahmte und auf die Höhe der Erkenntnis gelangte man erst, als sich der »Erdäppelgötzen«, die »Rauchemahd« und ähnliche Delikatessen einführten. Die gebirgischen Kartoffeln galten schon damals wegen ihrer Größe und ihres guten Geschmackes als ausgezeichnet. Sie verdrängten von den Feldern und aus dem Haushalte mehr und mehr die Erbsen, Linsen und andere trockene Gemüse. Jetzt herrscht der Erdapfel als unbeschränkter Gebieter bei allen Mahlzeiten und die Verschiedenheit der Zubereitung ist schier unerschöpflich. »'s liebe Brut« und die »lieben Kartoffeln«, beides gilt als gleichberechtigt. Um die Michaeliszeiten beginnen auf den Fluren die Feuer zu rauchen. Die Ueberreste der Kartoffelpflanze werden von den

»Ausnehmern« verbrannt und im hellen Feuer röstet man sich einige Knollen und behauptet, daß sie, in dieser Form genossen, am schmackhaftesten seien.

Nun ergreift der Hütejunge mit seinen Tieren Besitz von den Fluren. Vom Michaelistage an werden die Weidegrenzen nicht mehr streng eingehalten, deshalb singen die Hirten:

> Micheele is do!
> De Herten sei froh.
> Ne Bauer werd leed
> Im sei bissel Weed.

In der Geyerschen Gegend singt man:

> Micheele is vorüber,
> Nu hütt ich nüber und nüber
> Kimmt der Bauer un saht mer wos,
> Hau ich'n ewos über der Nos'.

In Mildenau und Sehma wird eine ähnliche Strophe gesungen:

> Micheele ist vurüber,
> Mei Viech ka rüber un nüber,
> Mei Viech ka über Kraut un Mährn,
> Do ka mer der Bauer en Drack verwehrn.

Schon aus diesen Reimereien klingt die Genugtuung über die erlangte Freiheit deutlich heraus. Die Stimmung ist auch nicht frei von Spott dem Bauer gegenüber. Drastischer äußern sich die »Kühgunge« in folgenden Spottversen, die um Mildenau im Schwange sind:

> Holei, holei!
> Trebt der faule Kühgung ei,
> Trebt er in dan Derfel nei,
> Wu de fauln Bauern sitzen

Mitn grußen Zippelmitzen,
Die ne Quark mit Löffeln frassen
Un dos Gald mit Scheffeln massen.

Auch gegenseitig suchen sich die Kühjungen durch das Absingen von spöttischen Verschen zu verhöhnen.

Aus Ehrenfriedersdorf stammt folgender Reim:

Treib ei, treib ei, du fauler Hert!
Wenn ich austreib, liegst du schie in Bett
Meine Küh hobn sich soot gefrassen,
Deine sei in Drack gesassen.
Meine gabn Millich un Rahm,
Deine mußt de ne Schinder gabn!

Auf einsamer Weide entschlüpfen dem Jungen seine innigsten Gedanken, deren Vater der Wunsch ist:

Wulln mer dä net bal eitreibn?
Wulln mer net bal Kaas' reibn?
Wulln mer net bald Kuchen backen?
Wulln mer net bald Kermes machen?

Ja, die »Kermes«! Kein Feiertag des ganzen Jahres kann sich mit diesem Festtag messen. Sein Inhalt ist Essen und Trinken, seine Aeußerungen Trinken und Essen. In früheren Zeiten schon feierte das Volk in seiner Kirmes den Schluß des gesamten wirtschaftlichen Jahres. Wenn die Herden die letzten Weidereste genossen, die Früchte des Feldes eingeerntet waren und das Getreide gedroschen war, so war auch bei unseren Vorfahren das wirtschaftliche Jahr vorüber, der Jahresschluß war da. Dieser fiel in die erste Hälfte des Novembers. Jetzt bedingten der Mangel an der nötigen Nahrung für das Vieh und der Bedarf des eigenen Hausstandes eine Verminderung des Viehstandes, es begann das Einschlachten eines Teiles der Haustiere und mit ihm zugleich das große germanische Jahresschlußfest. Jetzt war Fleisch im Ueberfluß vorhanden, dies veranlaßte die großen Schmausereien, zu denen Verwandte und Versippte von nah und fern geladen wurden. Zu den Speisen kam der reichliche Genuß von Met und Bier. In diesen altdeutschen Winterfesten, deren letzte Tage in die Weihnachtszeit fielen, ist der Ursprung unserer Kirmes zu suchen. Mit den Festen waren natürlich altheidnische Opferfeierlichkeiten verbunden, auch Lustbarkeiten aller Art erhöhten die frohe Stimmung. Nach der Christianisierung Deutschlands merkten die Priester gar bald, daß die Germanen zäh an ihren alten Festen hingen, und so paßte man sich den Verhältnissen an.

Den Vorschriften des römischen Bischofs gehorchend, setzte das Kirchenregiment in die ersten Tage jener Zeit die Feier zum Gedächtnis der Kircheneinweihung, die Kirchweih, die mit besonders feierlicher Messe verbunden war. Nach dieser hat die Kirmes, die Kirmse, d. h. die Kirchmesse, ihren Namen. Einzelne typische Merkmale haben sich bis heute erhalten. Schon ein kleines Fest für sich ist das Schweineschlachten, das »Sauläd«. Das ganze Haus ist in Aufregung, man kann verstehen, daß in einem Dorfe ein Kind vom Unterricht befreit sein wollte wegen Familienfest. Schlachtschein und Gewürze sind versorgt, das Feuerholz wird beim Wurstkessel bereit gelegt. Schon am zeitigen Morgen prasselt das Feuer unter dem Kessel. Wenn der Fleischer kommt, muß alles zurecht gemacht sein, daß es »föder« geht. Die wichtige Person erscheint endlich. Eine blendend weiße Schürze spricht von der Bedeutung des Tages. Am perlenbestickten breiten Ledergurt hängt der Köcher mit Messer, Gabel und Wetzstahl. Rüstig geht es ans Werk. Sehnlichst erwartet durchbraust endlich der Alarmruf das Haus: »'s Schwertelfleesch is fertig!« Alles eilt herbei, um sich den größten Genuß, das frischgekochte Fleisch, nicht entgehen zu lassen. Einige Schüsseln werden Freunden und

Bekannten ins Haus geschickt. In der Küche sind fleißige Arbeiter dabei, das Wurstfleisch zu schneiden. Ein Teller mit Brotschnitten, das Salzfaß und ein »Harter« – der unvermeidliche Korn – stehen dabei auf dem Tisch, und den Bewegungen der Kauwerkzeuge sieht man wohl an, daß einige besondere leckere Stücken nicht in die Wurst wandern. Einen besonderen Genuß gewährt auch die Wurstsuppe, die besonders gern von armen Leuten in Krügen abgeholt wird.

Zur würdigen Vorbereitung der Kirmes gehört auch, daß einige Gänse fett gemacht werden. Die Martinsgans hat die Güte der Zucht ebenfalls zu beweisen. Rückt die Kirchweih näher heran, so beginnt im Hause ein großes Reinemachen. Einladungen an Verwandte und Bekannte sind meist nicht erst nötig, »war komme will, kimmt su wie esu!« Gewaltige Berge von Kuchen werden in den letzten Tagen vor dem Feste ins Haus gebracht und so kann der Kirmessonntag herankommen.

An diesem Tage treffen hauptsächlich die Gäste aus der Stadt ein. Schweinefleisch und Sauerkraut, Gänsebraten und Kartoffelklöße, das Schweinefleisch recht fett, das sind die Tafelfreuden. Der Kuchen liegt säuberlich geschnitten und aufgeschlichtet auf großen Tellern und da man kaum imstande ist, dem immerwährenden Nötigen nachzukommen, wird zum Schluß noch ein großes Kuchenpaket zurechtgemacht, daß man zu Haus noch einmal schwelgen kann. Gegen Abend gehen Wirt und Gäste in den Gasthof. Das junge Volk tanzt, die alten schauen vergnügt zu, die Männer huldigen wohl auch dem unvermeidlichen »Doppelkopf«, der an solchen Festtagen ohne Bedenken gespielt werden kann, da er die Leidenschaften der Spieler nicht zu sehr zu erregen vermag.

Der Hauptfesttag und eigentliche Kirchweihtag ist aber erst der Montag. Festpredigt und festliche Kirchenmusik, wohl mit vollem Orchester, geben dem starkbesuchten Gottesdienst ein festliches Gepränge. Der Rest des Tages aber ist wiederum erfüllt von Essen und Trinken, Tanz und Spiel. Die »Kleine Kirmes«, d. i. der nächstfolgende Sonntag, läßt die Erinnerung an das große Fest noch einmal aufleben, dann tritt der Alltag wieder in seine Rechte. Jetzt gilt es, sich auf den Winter vorzubereiten. Feuerholz wird zerkleinert, Stöcke mühsam aus dem Erdboden gegraben und auseinandergesprengt. Stöckeholz! Wer die Poesie eines heimischen Winterabends recht genießen will, kann auf das Prasseln und Krachen im Ofen nicht verzichten. Der drohende Winter beginnt überhaupt das ganze Interesse in Anspruch zu nehmen. Aus vielen Anzeichen will man den Verlauf der harten Jahreszeit prophezeien können.

So sagt eine alte Bauernregel:

> Scharren die Mäuse tief sich ein,
> Wirds ein harter Winter sein,
> Und viel härter wird er noch,
> Bauen die Ameisen hoch!

Die Jäger behaupten:

> Ist recht rauh der Hase,
> Dann frierst du bald an der Nase.

Ebenfalls aus Forstkreisen stammt die Regel:

> Halten die Krähen Konvivium,
> Dann sieh nach Feuerholz dich um!

Recht drastisch wird auch der erste Schneefall im Oktober gedeutet:

> Fällt der erste Schnee in Dreck,
> So bleibt der ganze Winter ein Geck!

Nicht allzulange mehr wird es währen, bis der Reif sich einstellt und immer zwingender mahnt, sich auf den Winter einzurichten. Jetzt ladet das Haus ein, seine heimlichen Freuden schätzen zu lernen, es naht die Zeit der gemütlichen Abende bei Lampenschein im warmen Zimmer, das man nur notgedrungen verläßt, denn der Erzgebirgler ist ein Freund der Wärme. Das große Sterben der Natur schreitet unaufhaltsam fort:

Dos, wos in Sommer war dei Fräd,
Wu is dos hie? 's is nirgends net.
Wos saling war su schie un rut,
Is itze kahl un starr un tut.
Bal is de Walt noch ganz gefruhrn –
's is Harbest wurn!

Die garschting neue Tänz.

»Nä, ich gieh net meh garn ofn Tanzsool! Früher, do tanzet mer sen Walzer oder sen Dreher un war racht garn huppet, dar werget aah emol e Polka runner. Wie hoot mer do die alten Mäd rümgeschlenkert. Ich weß noch ganz gewieß: Wenn en emol net schie war, do machet mer sei zah, zwölf Tourn wag, un do brauchet mer sich net in Bett neizeleng un ze schwitzen. Oder itze? – – Saht när hie!! Erscht laafen se e vertel Stund in Saal rüm, hächstens, daß se emol rüber und nüber tschutschiern; un dobei hobn sie sich aagesackt – – nä, dos macheten mir früher net ofn Tanzsool, do taten mer owarten, bis mer sei Gumfer hamführet. Dann knicken sie wieder emol zesamme, dann schleichen se wieder emol an Buden hie – mer denkt, weß Gott, se wolln Schwamme suchen! Un die Händ dobei! Wie äfällig se de Pfuten spraatzen – mer möcht sprachen: »Wie gesaht –.«

Un die Näme! Hiawatha, Tschimmi, Foxtrutt, Tanko, Boston – nu, zun Dunnerwatter, sei mir dä bei de Schwarzen oder sinst wu! Un dos Gewerg machen net epper bluß de gunge Leit, nä de alten erscht racht! Mer sieht aah an die Tänz ganz genau, wie's heitzetog is: 's macht niemand garn mehr viel!

Der Büttner-Wilhelm war e Maa, dar garn Alles e Bissel garn machet, dan ließ natirlich kaa Ruh, bis 'r aah e Weibsen ahgesackt hatt un miet ofn Sool rümwerget. Mer muß soong: er war dorchaus käner, dar de Hus mit dr Beißzang aazieht, oder esu lecht war dos doch net, wie 'r sichs gedacht hatt. Er tat sich bal de Bä versitzen, un endlich blieb 'r bei ener Säul traten, esu fix fitzet mer sich do net nei! Wie 'r nu e Weil getraaten war, machet dr Schmied-Fritz zu ne hie un freget ne racht scheiheilig: »Nu, Helm, of wos lauerst de dä?«

»Du,« saht dr Halm, »ich wart bluß bis dr Takt kimmt!«

Dr salige Goldfisch.

Sitz ich emol in Annabarg ben alten Hensel un paß auf, wie se an Nabntisch Doppelkopp spieln. Of amol saht dr Röhlig-Fritz zon Reitstiefel-Edeward: Warüm warst de dä gestern Ohmd net miet in Bellevue zon Fidelio? Dei Fraa hoo ich gesah, oder dich hoo ich net weißkriegt!« »Ja«, saht dr Edeward, »alle bäde kenne mer net zesamme fortgiehe. Dos machen mer nu epper schie e Gahrer zwanzig esu!« »Nu, sah mer när worüm net, eich zwei eschichtige Leit hält doch nischt?!« »'s is när wang unern Viechzeich!« »Viechzeich!!???«

»Haa! 's möng nu zwanzig Gahr sei, do warn mer emol an en Sonnohmd alle bäde in Sparverein. Un wie mer ehamkame, war drweile dr Goldfisch aus'n Gelos rausgehupt un log ofn Buden un war gestorbn. Seithar blebt immer äs drham!«

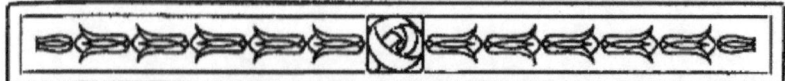

E Entschädiging.

Zon Schulfast in Fichtenwalde warn aah en Haufen Fastweeng drbei; ener mit Klöppelmadeln, ener mit Gunge, die wie de Waldarbeiter agezungn warn, e kläner Erntewong un esu föder. Ja sugar an Weihnachten konnt mer denken, dä de Marie un dr Joseph mitn Christkindel un e Esel loffen aah miet. Dan Esel drzu hat dr Beck-Paul hargeborgt, dar brauchet ne zu sen Millichwoong.

Wie nu die Sach vrbei war, ging de Abrachning lus. Do freget dr Virstand aah ne Beck-Paul: »Nu, Paul, wos kriegst dä du?«

Dar gob ne zor Antwort: »Ich krieg nischt, oder mei Esel kriegt zwä Mark!«

Von Fichtendorfer Tutengraber.

Dr Tutengraber von Fichtendorf war e Maa, dar racht gut zu sen Amt passet. Wenns sei mußt, konnt'r e Gesicht machen, als wär 'r salber gestorbn un 's täten läd, daß'r hätt fort gemußt. 'r kannt doch aah alle Menschen in Dorf, un dodrüm tat'r aah en jeden e letztes Bett harrichten, wos racht für ne passen tat. Daß'n de Rühring net ze sehr von Groben abhalten sollt, hatt'r sich immer e Flaschel mietgenomme, aus dan 'r sich immer wieder frische Kräft saung tat. Ich gelaab, 'r war ener von dan Wening in ganzen Dorf, die werklich Ateel nahme, wenn emol jemand starben tat, net bluß ne Verdienst waang. Ja, 'r hiel en jeden schie bein Grobausschachten sei Leichenpredigt, oft schenner, wie's hinnerhar dr Pfarr machet. Wie 'r ne Richterschmied sei letzte Ruhstätt zeracht machet, do konnt mer hörn, wie 'r bei jeden Spatenstich reden tat. »Ja, mei Karl, nu is aah alle mit dir! Na, de hasts lang genung getriebn. Die zwölf Neigrosch, die de mer vir e Gahrer zahne in Doppelkopp ogenomme hast, hobn dr aah ken Segn gebracht. Oder stark warscht de, un gearbt hast de aah. Dauern tust de mich när, daß de ken Pfafferminz mehr trinken kaast.« Un dobei traten 's Wasser in de Aang un 'r mußt sich geleich en Schluck ausn Flaschel nahme.

Wie er mitn Straußvugellieb seiner Schwiegermutter sei Arbet krieget, do hiel er aah sen Spruch. »Na, Male, do drunten kast de niemand mehr schlacht machen. Do hörscht de aah net mehr, wenn dr Lieb emol ze spät eham kimmt. Ich war oder doch en halben Meter mehr ausschachten; sicher is sicher!«

Bei en Kinnergrob war 'r immer ganz wehmütig. »Sette klene Gräber sollts gar net gabn. Du guts, klens Blümele du! Bist noch gar net racht aufgeblüht un schie schmeißen mer dich wag!« Oder immer mußt'r sei Flaschel nahme, daß'n net ze weech wur.

Nu hatt'r emol e Grob gegrobn; 's war an en warme Nochmittig in Juni; un mei Tutengraber hot Appetit noch en klen Nickerts. 'r wollts oder aah niemand esu sahe lossen un leget sich korzerhand in dos frische Grob nei un machet sei Schlafel wag. Zon Ugelick werd doch kaum e halbe Stund drnooch dr Paster übern Gottsacker waggiehe. Dar blieb of emol traten und machet e Gesicht, als hätt'r an halln Tog Gespenster gesahe. Aus en Grobluch raus höret er e Raunzen un Stöhne, daß'n ganz angst wur, 'r machet sich oder hie, un do soog 'r de Beschering. 'r langet mitn Bä nonner un schrier: »Stehen Sie doch auf, dos gehört sich doch nicht!«

Do machet mei Tutengraber de Aang auf. Erscht gucket'r sich üm, wu 'r engtlich war; wie 'r oder ne Paster soog, do zug 'r e racht argerliche Flunsch: »Nu, wos soll dä sei?! 's hört sich doch alles auf, net emol in Grob hoot mer mehr Ruh!« Un dodermiet machet er sich aus'n Grob raus.

Dr Trinkspruch.

's war zu darer Zeit, wu's noch Schützenfast un Königschießen gob. 's war, wies bei allen is: 's muß allemol Assen un Trinken drbei sei. Un desderwaang gobs aah allemol e richtigs Königsassen. Bei jeden Assen gibt 'rsch welche, die die Gelaanghät net verpassen wolln, emol ellä reden ze könne, weil die anern Leut – mit Respekt ze soong – 's Maul voller hobn un nutgedrunge zuhörn müssen. Esu sei die Trinksprüch aufkomme, die när dan en Nachteil hobn, daß manning Leiten bei dan Gemahr 's Assen drweile kalt werd. Korz un gut – in M. wur nochn Königschießen racht gut gegassen un aah feine Reden wurn drzu gehalten. In darer Sach warn se konservativ: jeds Gahr un jeds Gahr gings noch ener ganz bestimmten Reihefolg. Erscht fing dr Bergemäster aa un hiel ene Red ofn richting König in Drasen. Dann kam dr Virstand vu de Stadtverordneten. Dar hiel sei Red ofn Antritt an neue Schützenkönig. Wenn dar fertig war, stand dr Schul-Bräuer, dr alte Schulgaldkassierer, auf un hiel Gahr für Gahr immer diesalbe Red:

»Meine Herren! Nachdem wir nu ne Antritt von neue König gebührend gefeiert hobn, könne mir aah an Abtritt von alten König net uhne Sang un Klang verbeigiehe; un ich beatroog, daß mer ne e kräftigs Huch ausbränge, daß'r auch in der Verborgenheit wachse, blühe und gedeihe!«

's Pfandgungel.

's gob emol e Zeit – un se is noch gar net esu ewig lang har, wu's of dr deitschen Walt noch Zah-, sugar Zwanzigmarkstückeln gob. Do konnts ab un zu passiern, daß amol ener an Luhtoog su e Goldfüchsel miet drwischet. Bein Rümmler-Dav warsch esu gewesen, dar hatt äs miet ehamgebracht un 's hatten gerod mitn Gald gereicht, daß an Montig bei seiner Selma in dar blachern Cigarettenschachtel, die in dar Familie ne Galdschrank vrtraten tat, dos Goldfüchsel ganz ellä un verlassen log. Se hatten von Sonnohmd har mit Aufwärme gereicht, oder nu mußt doch dr Fläscher wieder har. Der Dav war net drham, dar kam erscht spät an Ohmd vu dr Arbet, do kam zon Ugelick äs ausn Nachberdorf geloffen, wu de Selma harstamme tat, un saht, de Selma söllt geleich nüber zu ihrer Schwaster komme, dä do wollt dr Storch eiziehe. De Selma machet sich zeracht, of ihre Kinner konnt se sich verlossen, die warn aah schie e annermol ellä gewasen. Se saht när noch: »Wenn de kläne Maad aufwacht, do legt'r se treich un fahrt mitr ewing draußen rüm. Dan gieht'r zon Fläscher un kaaft ½ Pfund Rindfläsch un e Pfund Knochen un e Vertel Blutworscht, do lange mer die Woch. Ne Paul (dar war gerod 3 Gahr alt) setzt'r miet in Wong nei. Dann gieht'r zon Weigelbäck un hult e Sechspfünderbrut. Do, ich leg Eich dos Zahmarkstückel har.« Dodermiet machet se fort. De bäden Grußen, dr Willi war elfe un de Cilla zwölf Gahr alt, hobn nu alles genau gemacht, wos de Mutter gesaht hatt. Alles ging schie, när dr Paul machet sei Ding für sich. Dar bläket un war garschtig wie sinst salten. Alles hobn se ne hingabn, daß'r sich beruhiget, oder 's half alles nischt. Do soog'r dos

46

goldne Zahmarkstückel lieng un geleich gings lus: »Dos hoobn iech, dos hoobn iech!« 'r hiel net ehrer Ruh, bis'r endlich sen Kopp dorchgesetzt hatt. De Grußen hobn erscht aufgewaschen un zammegereimt, do krieget of emol mei Paul de Hust esu. Un wie se nachsoong, do wursch net annersch: dr Paul hatt dos Zahmarkstückel verschluckt. O du Ugelück du grußmachtigs!!

Der Willi war dr erschte, dar de Sachlog überschaute. »Esu e Zahmarkstückel is net gruß, dos gieht aah esu miet fort!« Oder de Cilla fing aa ze gammern: »Wos nützt uns dä dos, mir solln doch Fläsch un Brut kaafen!« Bei dan Gebläk war aah de Kläne aufgeweckt un se wur richtig beschickt, dann wur aah dr Paul miet nei in Woong gericht, un dr Willi saht: »Itze machen mer zon Richterfläscher nunner.« De Cilla ging miet un heilet hie un do emol; wie sollt die Sach när zu en guten End komme? – Wie se bein Richterfläscher warn, hub dr Willi ne klen Karl aus'n Woong raus, tat dr Cilla noch bedeuten, se sollt haußen bleibn, un machet mitn Paul zor Lodentür nei. De Richterfläschern freget ne aah, wos'r hobn wollt; do saht dr Willi: »E halb Pfund Rindfläsch net ze fett un e Pfund Knochen; un e Vertel Blutworscht. – – Wos macht dä dos zesamme?« De Fläscherschfraa saht: »Fümfesiebzig Pfeng.« Do nahm dr Willi en grußen Aalaaf un saht: »Frau Richtern, dr Paul hoot unner ganzes Kapital verschluckt. Dos worn zah Mark. Do sei se doch gedeckt, dä dos kimmt wieder raus. Wissen se, mer lossen dan Gung als Pfand do, do hoobn Se doch e Sicherhät.« De Richterfläschern krieget en Lachkrampf, dann saht se: »Gut, do blebt dar klene Gung drweile do!« Dos Geschäft war oder noch net alle, dä dr Willi fing nu aa: »Fraa Richtern, dar Gung is oder doch zah Mark wart, do müssen Se mer schie noch neun Mark fünfezwanzig Pfeng auszohln, mir müssen aah noch Brut huln!«

47

De Fläschern lachet esu, doß se dos aah machet un die Geschicht hoot sich nocher in lauter Wuhlgefalln aufgelöst.

Verschiedens Mooß.

Wie mei Freind Felix in Pobershau Hilfslehrer war, is'n emol e nerrsch Ding passiert. Tat'r gerod vu Rindern reden, un 'r wollt nu aah wissen, öb die klene Gunge drhem in Stall de Aang aufgehatt hatten. »Wer hat denn einen recht großen Ochsen zu Haus?« freget'r. Geleich flung'r e Stücker zah Händ in dr Höh. Sugar dr kläne Zienglobfritz zeiget sei Fingerle har. Un weil dos bei dan ene Seltenhät war, freget dr Lehrer gerod dos Gungel. »Ihr habt also einen?! So! Wie groß ist denn der?« Wenn dr Zienglobfritz gewußt hätt, wos do vürigs Gemahr draus wur, hätt'r sei Hand sicherlich net gehubn. 'r krieget aah kee Ruh. »Na, wie groß ist er denn?« Käne Antwort. »Ist er so groß wie eine Ziege?« – Käne Antwort. – »Ist er so groß wie du?« – – – Lange Paus'. – – Dann saht dr Gung: »Nä, ugefahr wie Sie.«

Dr änzige Gung.

Weihnachten war komme un de viele Arbet der ganzen Zeit vornewag hatt sich doch geluhnt. Mer kannt die alten Stöbeln bal gar net wieder. Alle finstern Ecken warn verschwunden. Do blinket e Barg mit sen Reisighinergrund aus en Winkel raus, dort stand stolz un brätspurig e gruße Peremett of dr Kommod, un von Eckbrattel, wu sinst när e alte Petroleumlamp mit en Perlnscherm ronnergucket, do lacheten e paar Terkenmanneln, als wollten se soong: »Uhne uns gieht 's heilige Christfast gar net!« Wos sonst noch für e Pracht an Lechtern un Spindeln vu de Decken ronerhing, dos is gar net ze beschreibn – korz gesaht: 's ganze Dorf hatt sen schensten Festazug agezung. Un wie dos überall roch! De lange butterstollnluse Zeit war vrbei, 's wur zwar net mehr esu viel un esu schwer gebacken – oder gebacken wur doch. Un daß ja an nischt fahlen sollt, mengeten sich aah noch e paar Rächerkerzeln von Ufen wag in dan Duft mit nei. När äs war annersch bei de mesten: de Feiertogsgans fahlet, dofür log oder schie e fetter Kuhhos' in dr Pfann.

De Kinner liefen mit aufgesperrten Aang drinerüm. 's war doch esu ganz anersch drhem wie sinsten. Un nu noch dar Gedank, wos alles noch komme sollt, – nä, Weihnachten war doch werklich schie!

An heiling Ohmd zon nochmittig kam nu aah überall de Mutter e fünkel zor Ruh. Da un dort gucket aah schie e Bekannts zor Tür rei, dos zon Weihnachtsfast ne Wag wieder emol ehamgefunden hatt. 's wur dischkeriert un Pfeif geraacht un vu dan un gen gestrieten. Un wie üm viere 's Zügle noch emol komme war un de Leut von Bahnhuf

50

kame, drücket sich e Gesicht nochn anern an de Fansterscheibn naa, daß de Fremdenlist net verpaßt wür.

's wur langsam finster draußen, hie un do wur e Fanster hall, ja, e mannichs prubieret de Peremett noch emol un hatt de Lichter agezündt.

Bein Beckendav in dr Stub war aah de ganze Weihnachtsherrlichkät ausgebrät. Oder die Ruh in dr Stub wollt zu den ganzen Fastkram net racht passen. Dr Sager ticket esu hart un knarrig, als wollt'r kä enzige gute Stund mehr azeing. In Ufen knistret manichsmol e Scheitel e fünkel. Ne Dav of dr Ufenbank war de Pfeif lang ausgange, 'r schiens oder gar net ze marken; dann un wann höret mer ne racht schwer Oden huln, als wenn ne e wos racht bedrücket. De Minel knieet of en Stuhl an Fanster un starret naus in dr Dämmering. Abn kame de ersten von Bahnhuf. »Dr Richter-Arnst kimmt aah, scheints mit seiner Fraa. – Dr Höfer-Louis is aah do! – Dort kimmt aah ne Saligbäck seiner; – när uner Paul kimmt net!« Un dobei schluchzet se laut auf un ließ ihrn alten weißen Kopp ofs Fansterbrattel falln. Dr David wischet sich de Aang. Un e ganze Weil soß dr Gammer un 's Harzeläd ellä in dr Stub, sudaß sich dos ganze Weihnachszeig net trauet, sich mausig ze machen. Do stand dr Dav leise auf, hulet sich mit en Holzspan e Flammel ausn Ufen un brannt sen alten Bargmaa sei Lichtel aa. Do kam de Minel von Fanster har; 's alte gute Gesicht war'r ganz verstört un se machet zon Dav hie: »Ach, Dav, loß när alles finster heit! Dos brennt mer in de Aang wie Feier! Ach, du guter Herrgott du, worüm host du bluß men Paul net wieder komme lossen!« Un immer un immer tat se's schütteln vor lauter Nut. Dr Dav bracht aah sei Schnuptüchel net vu de Aang wag, oder 'r nahm sei Minel un führet se ganz sachte an Kanepee hie. Mit dr Hand fuhr 'r sen Minel über'n weißen Scheitel un wischet 'r de Träne vu de Backen wag, un obwuhl 'r salber dacht, 's Harz müßten verzieh, fing'r doch aa leise of'r neizereden. 'r hulet weit aus: wie se erscht de vielen Gahr ellä gewasen wärn, un wie nu endlich doch noch e Sonnenstrahl in ihr Häusel gefalln war, wie dos Gungel kam. »Minel, wie'r dort in sen Körbel log un mer hatten dan Bargmaa zon ersten Mol agezünd; – weßt de noch, wie hoot'r do de klen Aermeln ausgestreckt un egal »Mannel!« geruft!« Oebs de Minel noch wüßt! Vu ihrn nassen Aang fiel e bissel e freundlicher Blick of dan alten Bargmaa hie. »Un wie mern hobn de Peremett gebaut! Dos Gelück! 'r hoot sich bal de Aang ausgeguckt. Jeds Mannel kanntr. Un wie 'r dan Gahr für Gahr allemol wieder e Stück drzugekaaft hatt. Ich sahne heut noch, wie 'r dos Herschel, mit dan Fall drauf, in seine blaagefrurne Händle ehambracht un bei jeden Menschen mußt'r emol Heidee machen.« Doderbei hat'r dos Herschel von Garten waggenomme un sträfet sen Minel leise dermiet an de Backen. Un 'r nahm e Lichtel wag, brannts an Bargmaa aa un tat noch de Peremettenlichter abrenne. Leise fing sich de Peremett ze drehe aa. Un dr Dav machet weter: »Un unre alte Kreuzspinn. Weßt de noch, wie'r of dr Lehr war, un 'r kam emol zon heiling Ohmd ehäm un dar alte Lächter war net aufgemacht? Do sei mer an Nochmittig noch ofn Oeberbuden un hobn ne runnergehult. Minel, wenn 'r heit do wär, 's müßt alles brenne.« Un dobei hatt'r aah dan alten Lächter agezünd. Bei dar Halligkät in dr Stub soog mer nu aah an dr Wand e Bild hänge, wu en Soldat drauf war. Un an Rahme warn Fichtenzweigele naagesteckt. »Ach du guter Paul!« Dos stöhnet de Minel un ging of dos Bild zu. Ich weß net, wenn ich esu e Soldatenbild vu en sah, dar draußen sei gunges Labn hoot lossen müssen, do is mir immer, als könnt mer aus dan Gesichtern en Haufen rauslasen. Als hätten die alle ewos gewußt, wos mir alle net wissen. Der Dav zug sei Minel wieder ofn Kanapee hie un setzet sich drnaben. »Un, mei Minel, war weß wär 'r heit do. Dan hätts net in unnern Dorf gelossen. Dar wär draußen in dr Welt, in dr grußen Stadt. Du schiener Gott, öbs 'n bei dan itzing Zeiten wür gut giehe? Vielleicht hätt'r aah e Fraa, die nett racht zu uns passen tät. Un heit wär 'r bei sen Schwiegerleuten un mir könnten aah bluß an ne denken. War weß, wos'r alles verschläft, dar gute, gute Gung. Esu könne mer uhne en schlachten Gedanken an ne denken! Is net wahr, mei Minel? Un wenn mer ne sollten emol wiedersahe, Minel, ewig werds net dauern, do könne mer när gute Gedanken hobn. 'r war uner Weihnachtslichtel, dar gute Gung in unern Labn, un die brenne net lang!« Un do lehnet de Minel ihrn Kopp an ihrn Dav nan un de Träne vu dan alten Leiten liefen zesamme. Draußen finge de Glocken aa ze läuten un de Minel drücket ihrn Dav noch emol, dann stand se auf un saht leise zu ihrn Maa: »Komm, mer wolln in de Metten giehe!«

Johanniszauber im Erzgebirge.

Ein Beitrag zur sächsischen Volkskunde.

Es wallt das Korn weit in der Runde
Und wie ein Meer dehnt es sich aus;
Doch liegt auf seinem stillen Grunde
Nicht Seegewürm, noch andrer Graus.

Nicht solch grauses Seegetier bevölkert das stattliche Kornfeld, nein, ein nicht minder unheimlicher Spuk treibt zu den Sommernächten sein Unwesen. Der Bilmetschnitter oder Binsenschneider, in manchen Gegenden auch Getreideschneider genannt, droht den reifenden Halmen Gefahr. Er ist der schädigende Dämon der Felder. Mit einer Sichel am Fuße geht er im Dunkel der Nacht durch die Felder, und abgeschnittene Halme bezeichnen den Weg, den er genommen und der meist 10 Zentimeter breit diagonal über das Feld läuft. Wehe dem Bauer, der nächtigerweile sein Kornfeld besucht und von dem fürchterlichen Gaste zuerst gegrüßt wird, er fällt sofort tot zu Boden. Dagegen muß der Zauberer sogleich sterben, wenn es dem Feldeigentümer gelingt, dem Unhold zuerst einen Gruß zuzurufen. Wer ist dieses unheimliche Gespenst? Vermutlich ein Bauer aus dem Dorf, dessen Neid dem Nachbar den reichen Erntesegen nicht gönnt und der sich aus Gewinnsucht dem Satan verschwor. In Mauersberg herrscht die Ansicht, daß er Vogelgestalt habe, auch will man ihn in Gestalt eines harmlosen Häsleins gesehen haben. Der Glaube an dieses Getreidegespenst ist heute noch vorhanden. Berichten doch die »Leipziger Neuesten Nachrichten« vom 4. Oktober 1901 aus Mittweida folgende merkwürdige Geschichte:

»Eine bisher noch nicht genügend erklärte eigentümliche Erscheinung – der Billen- oder Binsenschnitt – war in diesem Jahre in den Getreidefeldern der benachbarten Gemeinden Tanneberg und Erlau zu beobachten. Mit »Bilsenschnitt« bezeichnet man etwa handbreite Gänge in den Feldern, welche durch Abschneiden der Halme in Stoppelhöhe hergestellt worden sind. In neuerer Zeit ist man geneigt, den Hasen als den Hersteller dieser sonderbaren Gänge zu betrachten. In unserer Nachbarschaft ließ die Erscheinung alten Aberglauben wieder aufleben. Man schrieb den Bilsenschnitt dem Walten böser Mächte zu und verdächtigte einen Gutsbesitzer, dessen Aecker keinen Bilsenschnitt aufwiesen, der Urheberschaft des »Hexenmachwerkes«. Der so in bösen Ruf Gekommene konnte sich nicht anders retten, als daß er sechs seiner Verdächtiger vor den Friedensrichter zitierte.«

Der Bilmetschnitter treibt besonders in der Johannisnacht sein Wesen und im Bunde mit den Hexen, die ebenfalls in dieser Nacht eine ähnliche Tätigkeit entwickeln, deren Spuren man den Hexenschnitt nennt, wird er der mühsam gepflegten Feldfrucht furchtbar. Wie schützt sich aber der bedrohte Landmann vor solchen Unholden? Er nimmt von allen Samen, den er ausstreuen will, einige Körnchen am heiligen Karfreitag mit in die Kirche und läßt sie des Segens der Gemeinde teilhaftig werden. Diesen Samen sät er in die Ecken seiner Felder. Sein Besitzstand bleibt dann verschont.

Kann man es ihm darum verdenken, wenn er vor dem herrlichsten Halmenmeere seine Stirn kraus in Falten zieht, wenn er bedenkt, was alles diesen Wohlstand bedroht? Das Getreide, der Lohn seiner Arbeit und die Hoffnung auf Gewinn, geht der Reife entgegen, seine Herden weiden in der freien Natur, bangen Herzens schaut er täglich nach dem Himmel, der in wenigen Stunden alle seine Hoffnungen vernichten kann. Hagel und Gewitter treten häufig auf, verheerende Krankheiten unter dem Vieh stellen sich ein. Sollten hinter allen diesen schädigenden Naturereignissen sich nicht schlimme Dämonen verbergen? Alle diese Gefühle mußten aber in unseren Voreltern viel lebendiger sein, zu einer Zeit, wo noch jeder freie Mann Besitzer von Feld und Weide war, von deren Erträgnis sein ganzes materielles Wohl abhing. Nun hat nach altgermanischem Glauben das Feuer eine reinigende und Dämonen abwehrende Kraft. Man kann diese abwehrenden Feuer zu verschiedenen Zeiten und bei den verschiedensten Gelegenheiten beobachten. Aber nie spielen sie eine so hervorragende Rolle in der Volkssitte, wie zur Zeit der Sommersonnenwende, zu der die Not-, Hagel- oder Johannisfeuer in fast allen Gegenden Deutschlands zu finden sind. Das Feuer des Holzstoßes hat gezeigt, wie die Luft von schädlichen Stoffen, nach volkstümlicher Auffassung von feindlichen Dämonen gereinigt werden könne, und so entstand bei Seuchen oder ansteckenden Krankheiten das Notfeuer, gegen das schon die Synoden des 8. Jahrhunderts als einen heidnischen Brauch ankämpften. Da es sich aber als unausrottbar erwies, legte man auf den Tag der Sommersonnenwende den Geburtstag Johannis des Täufers und ließ die Feuer als Volksbelustigung zu Ehren dieses Heiligen weitergelten. Trieb man früher alles Vieh durch die reinigende Flamme, so sprangen nun Burschen und Mädchen, später sogar nur Knaben durch das Feuer. In unserem Erzgebirge haben sich in einzelnen Strichen die Kinder des alten Brauches bemächtigt. Freudig zieht am Vorabend des Johannistages die männliche Jugend hinaus nach der Feuerstätte, bewaffnet mit alten Besen, die man schon seit Wochen sammelte, um damit die Glut zu schüren und sie Fackeln gleich zu schwingen. Auch hier wird das Kinderspiel zum Spiegel vergangener Volkssitte, glaubt man doch noch heute im geheimen, daß der Schein der Fackel Unholde und Hexen verscheuche.

Unheimliche Gewalten werden am Johannistage auch in den Gewässern lebendig. Jeder Teich oder Fluß verlangt ein Menschenleben. Im Heidentum brachten die Menschen freiwillig eine solche Gabe dar, heute holen die Geister des feuchten Elements sich selbst die unfreiwillige Spende. Der Verfasser besinnt sich noch, wie ihm als Kind die alte Kinderfrau an dem verderbenschwangeren Tage, beim Verlassen des Hauses, die besorgte Mahnung mitgab: »Heut is Gohanne, gieh fei net ans Wasser!« Besonders war bei uns Kindern ein Mühlgraben berüchtigt, in dem einige Male Kinder ertranken. Als er auf behördliche Anordnung dann zugedeckt worden war, geschah das Merkwürdige, daß ein zirka dreijähriges Mädchen, das die Bretter als Brücke benutzte, an einer dünnen Stelle durchbrach und ertrank. Nun konnte uns, und vielleicht auch manchen Erwachsenen, niemand mehr irre machen, daß der böse Nix sich sein Opfer geholt habe.

An Stelle des Johannisfeuers trat in einzelnen Orten früher der Johannisbaum, der in seinem Aeußeren aber etwas ganz anderes darstellt, wie die Pfingstbäume usw. Süddeutschlands. Der erzgebirgische Johannisbaum war eine aus vier Stäben bestehende, mit Kränzen und Blumen geschmückte Pyramide, die in der Stube oder im Freien auf ein Tischchen gestellt und abends, wie die Weihnachtspyramide, mit Lichtern verziert wurde. Burschen und Mädchen tanzten weißgekleidet um diesen »Baum«. Diese Sitte ist schon seit Jahrzehnten verschwunden. Ebenso gehört der sogenannte Johannistopf der Vergangenheit an. Dieses Spiel beschreibt Spieß folgendermaßen: »Ein großer Topf wird mit Kränzen geschmückt und ein Geschenk daruntergelegt. Wer mit verbundenen Augen den Topf mit einem Stecken trifft, erhält den Preis.« Man kann dieses Spiel wohl in dem bei Kinderfesten beliebten Topfschlagen wiedererkennen. Den Schluß des »Johannistopfes« bildete gewöhnlich ein festliches Mahl, bei dem die traditionelle Semmelmilch gegessen wurde, und ein fideler Tanz.

Waren, wie eingangs geschildert, am Johannistag üble Dämonen rege, so machten sich aber auch dem Menschen freundliche Kräfte bemerkbar. Vor allem tritt die Heilkunst der Natur an keinem Tage so in die Erscheinung, wie zu Johanni. Deshalb gilt dieser Tag als die geeignetste Zeit zum Sammeln heilkräftiger Kräuter. Vor allem gilt die Johannisblume, auf Spiritus gesetzt, als Allheilmittel. Stiefmütterchen, Quendel und Kamillen soll man zu Johanni eintragen. Besonders wirksam ist ein daraus hergestellter Tee, wenn die Kräuter um 11 Uhr eingetragen werden und der Tee schon um 12 Uhr getrunken wird; man beugt so allen Krankheiten vor. Die mittags von 11–12 Uhr von sieben Feldrainen eingetragenen Kräuter sind am heilkräftigsten.

In Herold wurde am Johannistag Gras gehauen, auf dem Oberboden getrocknet und den Tieren unter das Futter gemischt So waren sie vor den üblen Folgen des »Beschreiens« gesichert.

Eine besondere Bedeutung hat die Johannisnacht als Losnacht, in der bei Beobachtung besonderer Gebräuche die Zukunft entschleiert wird. Daß dabei liebende Mädchen und liebeglühende Burschen hauptsächlich interessiert sind, bedarf wohl keines besonderen Nachweises.

Das verliebte Mädchen schläft auf einem Sträußchen, das am Johannistag gebunden ward, und ihm wird in der Nacht der Zukünftige erscheinen. Aus Bärenstein wird ein origineller Brauch berichtet. Das neugierige Mädchen hebt in der Johannisnacht im Garten etwas Rasen ab und legt die Stücke wieder hin. Um Morgen nimmt es eilends die Rasenstücke weg, um zu sehen, ob ein Käfer sich darunter aufhält. Die Farbe dieses Käfers gibt den Stand des künftigen Gatten an. Ist der Käfer grün, so steht ein Förster in

Aussicht, trägt er schwarze Farbe, so wird ein Pfarrer der Erwartete sein; es ist bedauerlich, daß ich nicht erfahren konnte, wie diese Farbenskala sich weiter fortsetzt! – Die jungen Burschen binden Blumensträuße, möglichst von verschiedenen Feldrainen, und werfen die Sträußchen von der Straße aus der Geliebten ins Schlafstubenfenster. Gelingt schon der erste Wurf, so findet noch in demselben Jahre die Hochzeit statt, jeder vergebliche Wurf aber schiebt die Vereinigung der Liebenden um ein Jahr hinaus.

In Mildenau steckt man Johannisblumen in den Garten, wessen Pflanze zuerst verdorrt, wird zuerst sterben. Auf die Säuglinge ist der Johannistag auch von Einfluß. Man soll es möglichst so einrichten, die Kinder von diesem Tage an zu entwöhnen, da sie dann gut gedeihen. Gelingt das Experiment, so werden dem Kinde viele Johannisfeste beschieden sein.

Das Wetter zu Johanni ist ebenfalls von besonderer Wirkung für die Zukunft, wie einige Bauernregeln zur Genüge beweisen, z. B.:

> Reg'n an Gohannistog,
> nasse Ernt mer erwarten mog.

> Johannesregn brengt ken Segn.

> Vor Gohanne, herscht de,
> lob fei kane Gerschte.

Sind viele von diesen Gebräuchen nur noch in vereinzelten Orten anzutreffen, so findet sich der Brauch des »Johannispfennig-Heischens« in den verschiedensten Gegenden unseres Gebirges. Arme Kinder binden sich ein winziges Kränzchen aus Feldblumen, oft aus Gänseblümchen, das auf einen Teller gelegt wird. Damit stellen sie sich an Straßen, hauptsächlich an Promenadenwege, und bitten Vorübergehende um eine kleine Gabe. Ueblich ist in einzelnen Orten, wie z. B. Frohnau und Bernsbach, daß dabei das Verschen gesprochen wird:

Ich bin klä un Du bist groß,
greif in dr Tasch un schenk mr wos!

Dann und wann wird die Straße durch eine quergezogene, mit Blumensträußchen gezierte Schnur gesperrt und der Wanderer muß sich durch eine Gabe loskaufen. Gern geben alle dem liebenswürdigen, kleinen Bettelvolk.

Es bliebe nur noch übrig, eines Brauches zu gedenken, der in Sachsen jetzt allgemein üblich ist, nämlich des Schmückens der Gräber am Johannistage. Dr. Eugen Mogk glaubt, daß diese Sitte aus Freimaurerkreisen herrühre und zuerst in Leipzig aufgetreten sei. Wie dem auch sei, es liegt viel Sinn in dem Brauche, zu der Zeit, da die Natur in voller Blüte, frischer Schönheit und Saftfülle prangt, derer zu gedenken, die sich dieser Wonnen nicht mehr zu erfreuen vermögen.

Inhalts-Verzeichnis.

Gedruckt bei Hesse & Kaufmann in Chemnitz im Juni 1922.

www.ingramcontent.com/pod-product-compliance
Lightning Source LLC
Chambersburg PA
CBHW030858260626
47169CB00008B/2591